사랑 혹은 거짓말

사랑 혹은 거짓말

2024년 12월 11일 초판 1쇄 인쇄
2024년 12월 20일 초판 1쇄 발행

지은이 | 복효근
펴낸이 | 孫貞順

펴낸곳 | 도서출판 작가
　　　　(03756) 서울 서대문구 북아현로6길 50
　　　　전화 | 02)365-8111~2　팩스 | 02)365-8110
　　　　이메일 | cultura@cultura.co.kr
　　　　홈페이지 | www.cultura.co.kr
　　　　등록번호 | 제13-630호(2000. 2. 9.)

편집 | 손희 양진호 설재원
디자인 | 오경은 이동홍
마케팅 | 박영민
관리 | 이용승

ISBN 979-11-94366-10-2 03810

값 15,000원

한국디카시 대표시선

23

복효근 디카시집

사랑 혹은 거짓말

작가

디카시 작업을 하면서

사람과 사물과 풍경에 오래 시선을 두는 버릇이
생겼다.

발견의 기쁨과
작은 깨달음이 반짝이는 순간들을 경험하였다.

애써 찾지 않아서 그렇지
시는 언제나 가까이 있음도 알게 되었다.

2024년 11월
지리산 아래 범실에서

제2부 뒤쪽의 눈이 되어줄게

제3부 사랑 혹은 거짓말

제4부 천국의 풍경

제1부

등 뒤에선 꽃이 피고

꽃의 감정

슬픔에 겨워 누군가를 피 흘리게 하고 싶을 때 꽃은
뾰족하다

폭발음이 나지 않게
그 모든 것을 눈물로 바꿀 때 꽃은 꽃이 된다

꽃인 당신이 그러하듯이

별

호박꽃도 꽃이냐고 말하지 말자

네 눈에 빛나고 있는 그 무엇을 닮아 있지 않은가

그 가슴에 꽃을

나에게 등뼈가 되어주신 당신

그 가슴에 꽃을 달아드릴게요

당신이 최고라고

나팔 불어 드릴게요

꽃잎우표

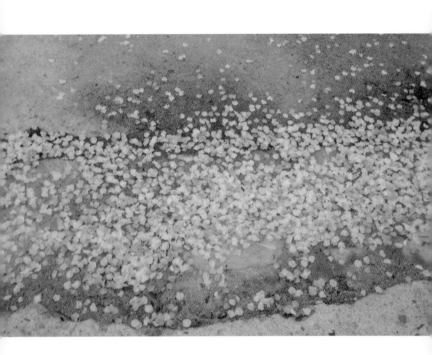

수취거부로 돌아온 편지

내 입맞춤의 흔적이 찍혀있는
그 우표를 다시 떼어 모았지

괜찮아
사랑했으므로 행복했으니*

*청마

능소화 지는 날엔

이렇게 꽃이 지는 날엔

고양이 저도 무엇이 하염없이 그리워서

지는 꽃이 하냥 붉었다

막막할 때는 등 뒤를 보라

네가 앉아 막막하게 울고 간 자리

등 뒤에선 꽃이 피고 있던 것을

불안한 동거

이 지구는 본래 꽃의 영토였어

안전거리 유지해줘

그러면

꽃이 자동차를 부서뜨리는 일은 없을 거야

수선화가 피는 아침

어이, 거기

루이비통, 크리스챤 디올, 에르메스, 구찌, 프라다……

입 좀 다물어줄래?
나 시방 똥 누고 있거든

어머니의 장독대

항아리들 정갈히 닦아놓고

봉숭아 몇 포기 불 밝혀 놓으셨지

가난한 낙원의 풍경

춤

꽃 피어 춤출 일이라면

꽃 진다고 춤추지 못할까

바람은 천년 전이나 이제나 변함 없으니

치맛자락 펄럭이며

꽃잎일랑 왔던 길에 뿌려주고

안개주의보

바위가 사람으로 보일 수는 있습니다

하지만

꽃이 꽃으로 보이지 않는다면 당신은 분명 바위입니다

위험합니다

환생

믿지 않아도 상관없지만

내생이 있을 거라고 믿어도 손해는 없어

내가 너를 만나 꽃 필 거라고 누가 알았겠어

낙화인들 꽃이 아니랴

물 위에 떨어진 매화 몇 송이

감나무

제 빈 가지에 붙여보는 아침

난생설화 2

− 개양귀비

아프락사스 신을 향하여

어떤 꽃은 알에서 깨어난다

개도 양귀비도 아닌

내가 누구인지 알 때까지 세세손손 알을 깨고 나올

것이다

혁명에 대한 비유

어제의 나는 내가 아니라고 부정하라

오늘의 나도 내가 아니라고 부정하라

알껍질을 깨고

내일의 나도 내가 아니라고 부정하라

제2부

뒤쪽의 눈이 되어줄게

1인시위

멈추면 안 되겠니? 이 차를

당랑거철이라고, 분수를 모른다고 하지 마
사마귀가 진짜 마귀가 될 수 있어

이 문명을 멈추게 하고 싶어

나를 풀밭에 살게 해줘

꿈틀

꿈틀, 그래

징그러운 벌레의 날들을 반죽해서 날개를 빚어내는

꿈의 틀

오늘은 기어서 가지만

내일은 날아오를 거야

나비의 행로

한 방울 이슬을 그리기 위해서는 사막 만한 곳이 없다
나비는 마른 오소리똥 위에서 천국을 그린다

해골바가지에 고인 물을 감로수로 마신 자도 있다
똥과 꽃을 오가는 그 힘으로 나비는 산다 비로소

난다

성선설

– 뱀눈그늘나비

어두운 그늘 속 뱀눈처럼 노려보지만
실은 한 마리 나비이듯

울그락불그락 온몸에 용 문신을 두른 깍두기*도
마음 안엔
나비 한 마리 살고 있으리라는

*조폭의 말단을 이르는 속어

윤회의 방식

육신은 육신이 아니었으므로

잠시 새의 형상으로 머물렀다가 바람으로 돌아가듯이

사마귀는 사마귀가 아니었으므로

잠시 개미의 형상으로 머물렀다가 흙으로 돌아가라고

개미는 또한 개미가 아니었으므로

좌선

빵만으론 살 수 없어

가부좌 틀고 앉아

천국의 지도를 그리며

하루쯤 굶어본 적 있는가

혼례, 흘레

같은 방향을 보거나 마주보는 것만이 사랑은 아니야

앞쪽만을 보는 너를 위해 뒤쪽의 눈이 되어줄게

너의 뒤가 되어줄게

너의 뒤를 이어줄게

역설법

한때 날개가 있었으면 했어요

하지만 그 날개로 스스로 제 무덤을 팔 수도 있다는
걸 알았어요

지금 당신의 날개는 무사한가요?

저 높은 곳을 향하여 1

이 길 끝에 닿으면 이 무거운 짐 내려놓을 수 있겠지

꽃잎을 탓하다

장미꽃잎을 먹은 자벌레는 꽃잎 같은 날개가 돋아 나방이 되었지

책갈피에 눌린 마른 꽃잎 편지에 붙여 보낸 날들이 있었어

그 나방이는 어디로 날아갔을까

자존

나무 위의 새를 잡을 일은 없을지라도

내가 표범과 같은 과科라는 걸 잊지 않으려 해

빌뱅이언덕

─권정생 생각

노란 강아지가 싼 똥은 민들레로 피는데*

당신은 어느 꽃으로 스며 피어날까

*권정생 선생의 작품『강아지똥』

유산

새 집이지만 지붕을 얹지 않았다

날개를 지붕으로 천둥 번개 다 막아냈지

재개발도 못 할 집이어서

두 날개를 유산으로 남긴다

너도 네가 새집 지으렴

저녁을 기다리는 시간

오름차순 내림차순 서열이거나

앞이거나 뒤 순서로

생을 설명하려 하지 마 저마다

밥그릇을 향해 달려가기 좋은 자리가 있을 뿐이야

난생설화

새알 하나를 빚기 위해 온 우주가 작동하고
한 마리 새를 위하여 광활한 하늘이 마련되었으니

새알 속에 날개가 있다면
내 안에도 날개가 있을지도 모른다

제3부

사랑 혹은 거짓말

사랑

오억 년을 순간처럼 달려왔어

너에게로 가서 너의 심장이 될 거야

얼마 안 남았어

한 이억 년만 더 기다려줘

사랑 2

히말라야눈표범처럼 발톱을 감춘 채
나는 시방 피가 그립다

피를 각오한 자
나를 꺾을 수 있다

사랑은 비의 발자국처럼

투명한 표정은 음악 혹은 꽃을 닮아서

비의 발자국은 둥글지만

발톱을 감춘 재규어처럼

사랑이라는 이름으로

내 가슴에 못을 박고

내게 붙인 이 이름표가

명찰일까 죄수번호일까

사랑한다고 말해준다면

오백 년을 기다렸어요

발끝만 살짝 떼면 훌쩍 날아오를 거예요

그대가 사랑한다고 한 마디만 해준다면

사랑한다면, 우리

영원이란 말, 말장난
지금, 여기 말고는 없어요

영혼이란 말도
썩어 문드러지는 살 서로 보듬고 끝까지 갔을 때
그때 가서 얘기해요

사랑 혹은 거짓말

어두워지거나 풍랑이 일어야

너는 돌아와 내 허릴 감았지

나도 안 놓아줄 것처럼 쇠말뚝 같은 표정은 짓지만

그것까지가 사랑이라고 말한다면

사춘기

아무도 밟지 않는 숫눈 위에 엄마 몰래 찍은 발자국

화살표 방향을 거꾸로 놓았어도

어미는 안단다

어미도 그랬거든

겨울 사모곡

밤새 다녀가셨구나

헌 옷에서 떼어놓았던 단추 모았다가
떨어진 자리 채워주시던 그 손길

지펴로는 달을 수 없는 추위가 있어

연리지의 방식으로

뿌리는 서로 달라도

이렇게 가지가 하나로 연결되었으니

자

왼발 오른발 왼발 오른발

걸어서 저 하늘까지

집

먼 우주밖까지 떠돌더라도

길 잃지 말라고

지상에 켜놓은 별

독살*

먼바다 나가 돌아오지 않는 지아비 기다리는

썰물 진 지어미 앞가슴

강물이 사나워서

봄 안개에 강폭은 십 리나 되고

강물은 찌럭소* 같이 날뛰니

홍도빛 볼 붉은 그대

내 등에 업고 열 번이라도 백 번이라도

징검징검 한평생 건네 드리리다

*길들여지지 않아 날뛰는 소

섬진강 달빛 푸른 밤에

우거진 갈대밭

차마

아름다운 죄 하나 짓고 싶은

저 높은 곳을 향하여 2

큰 기도는 소리가 없어

오선지에 음표가 비었어도 연주는 계속된다

푸른 심장이 사윌 때까지

타고 오를 나뭇가지 하나 없어도 허공을 기어서 오른다

제4부
천국의 풍경

구름의 경전

구름고래는 구름고래다

구름고래는 구름고래가 아니다

구름고래이면서 구름고래가 아닌,

구름고래가 아니면서 구름고래인

너, 그리고 우리는

내일은 쾌청

저걸 비행운이라고 한다면 나머지 하늘은 행운이겠네

결국 행운만 남겠지

눈물 닦고 하늘을 봐 온통 행운이야

인드라의 그물

흑싸리껍데기* 한 장 없어 봐

그것 없이 비광*이 뭔 소용이여

한낱 그림자라는 말도 조심하자

그것 없이 오백 년 느티나무가 거기 있다고 할 수 있겠어?

* 화투짝

쥐라기 공원

삼나무 숲에 공룡이 나타났다

이번엔 누가 멸종할 차례인지

측은한 눈빛으로 도시를 내려다보고 있었다

합장

대웅전 아래 그늘진 마른 땅

그래도 여기가 어디냐고
그래도 이게 어디냐고

훈장

한눈팔지 않고 곧장 하늘을 향해 솟은 그대

가슴에 달아주는

천국의 풍경

천국을 꿈꾸지 말란 얘기는 아니야

다만

손톱 끝으로 바위틈을 파헤치고 물 한 모금을 구해

보지 않고서는

아제아제 바라아제

갈 때 되면 가야지 하면서

가서 저녁밥 안쳐야지 하면서

메멘토 모리

뒤집혀 잠기면 그걸로 끝이라고

중심 잘 잡고 서 있으라고

바다가 잠시 드리워주는 초록빛 거울

다행이다

하마터면 나는 부자로 살 뻔했다

사느라 수고하지 말자

거기서 나는 죽어도 좋았다

짜라투스트라

내가 부른 노래를 나 홀로 들어야 하는

풀 한 포기 새 한 마리 안겨들지 않는 이 광야에서

온몸이 현이 되어 바람을 탄주하는

이 생은

실패하더라도 기꺼이 내 탓이다

율려

두드려다오

나이테로 켜켜이 쌓인 내 울음은 가락이 되어

무한 창공을 날으리라

간도 쓸개도 배알도 다 비워놓고 난 다음 일이다

대속代贖

개보다 사람이 무서워

개새끼란 말은 수정되어야 한다

개만도 못한 사람을 위하여

오늘도 쇠기둥에 몸을 묶고

정체성에 대하여

눈 뜨고 있으라 했다

잠들지 말라고 했다

잠들더라도 눈은 뜨고 있으라 했다

창고 가득 보물을 지키는 것보다

물고기는 물고기를 지키기 위해 죽어서도 눈을 감지
않는다

다만 지금 여기

멀리 앞을 본다고 다 내 세상은 아니지

내가 가서야 비로소 길은 길

지나온 길도 길이 아니지

발아래, 다만 지금 여기가 있을 뿐

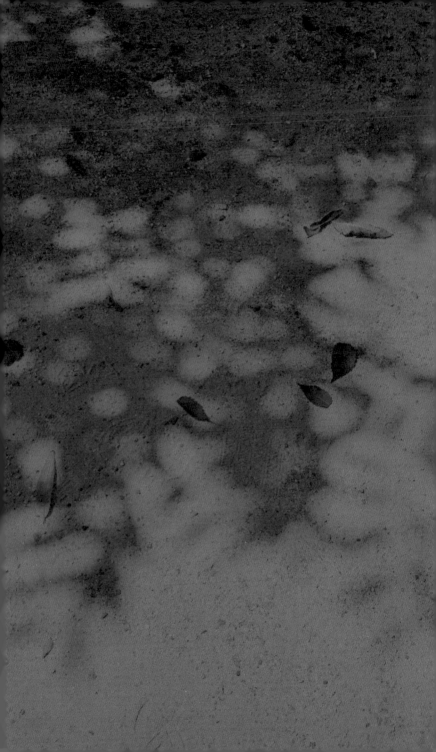